Helga Lederer • Die Goldfische Friedolin und Berti und Die Kröten

MEDu

Helga Lederer

Die Goldfische Friedolin und Berti
und
Die Kröten

Helga Lederer
Die Goldfische Friedolin und Berti
Die Kröten

Dreieich bei Frankfurt/M.
Illustrationen:
Helga Knipp-Domdey
Umschlaggestaltung:
Mike Schuffert
Printed in EU

3-938926-11-2

Die Goldfische

Friedolin und Berti

Im Garten war schon hektisches Treiben. Ein Tannenmeisenpaar hatte sich für sein Nest in diesem Jahr den Nistkasten am Baum ausgesucht und angefangen allerlei Gräser, Moos, Haare und was es sonst noch an weichem wärmenden Material gab, zusammenzutragen und in das Nest hineinzubauen. Auch die Hummeln waren aus ihrem Winterversteck gekommen, angelockt von den ersten warmen Sonnenstrahlen, auf Nahrungssuche. Es blühten schon Veilchen und auch noch Schneeglöckchen und auf dem Rasen stellenweise Krokusse. Die Forsythien rundeten das Bild ab mit ihrem leuchtenden Gelb.

Eine Hummel, ihr Rücken sah aus wie ein braunes, kurz geschorenes Haarbüschel, war besonders neugierig. Sie flog ganz dicht an der glänzenden Fensterfassade entlang, und da eine Glastür ein Spalt offen war, huschte sie schnell hindurch und gelangte so in das Wohnzimmer des Hauses. Es war doch etwas unheimlich und fremd hier drinnen und die Hummel bekam mächtig Angst. Hastig flog sie immer wieder mit dem Kopf an die Scheibe, weil sie draußen Bäume und Pflanzen sah, jedoch die Scheibe nicht. Aber Hummeln sind nicht dumm. Sie flog noch einmal durch den Raum, um zu erkunden wie man hinaus kommen könnte, dann wieder zurück zur Tür, die noch etwas offen stand. Sie fand den Ausgang, und ganz schnell war sie wieder in Freiheit. Wahrscheinlich hat sie sich durch Warmluft, die nach draußen strömte, leiten lassen.

Im kleinen Teich im Garten, nicht weit vom Haus und der Terrasse entfernt, über die gerade eben die Hummel wieder in die Freiheit flog, schwammen Friedolin und Adalbert,

zwei Goldfische. Adalbert, den alle Berti nannten, schimmerte rotgolden, Friedolin dunkelbraun. Sie drehten heute ganz besonders fröhlich ihre Runden. „Du bist ja heute aufgedreht wie noch nie oder wie nur selten, Berti!“, rief Friedolin ihm zu. „Das ist doch klar, Friedolin, wo heute endlich mal wieder die Sonne scheint nach all den Regentagen und dem Riesenschauer heute. Die Wassertropfen platschten nur so auf unseren stillen Teich. Das war ja zum Fürchten und Davonschwimmen.“ „Ich war in meiner Wurzelstube“, erzählte Friedolin, „ du weißt ja, da sieht mich keiner.“ Friedolins Wurzelstube ist eine kleine Höhle seitlich vom Teich, die von dichtem Wurzelwerk und Wasserpflanzen umgeben und so auch vor Erdrutschen geschützt ist. Dort hält er sich sehr gerne auf, es ist ein prima Versteck. Berti kannte das Versteck, blieb aber lieber draußen. „Friedolin, sieh mal wie herrlich unser Schuppenkleid heute in der Sonne glänzt“, jubelte Berti und er sang:

Ich bin glitzernd,
ich bin schön,
die Sonne darf nicht untergehen,
denn kommt der Regen, ach o kraus,
sieht alles wieder trübe aus.

„Berti, du bist ganz schön eitel und albern“, sagte Friedolin in einem erzieherischen Ton. „Da fällt mir eine Geschichte ein, Berti, die muss ich dir erzählen.“ „Ja, erzähle, ich bin gespannt“, erwiderte sein Freund.

Friedolin begann:

„Ich hatte eine Großmutter…“ „Was du nicht sagst“, bemerkte Berti etwas spöttisch. „Ich auch. Die hat wohl jeder.“ „Ja schon, aber nicht so eine wie ich“, entgegnete Friedolin

Protectea widely by patents & paten

ganz energisch. „Entschuldige Friedo, war nicht so gemeint. Rede weiter!", bat Berti. Friedolin erzählte weiter: „Sie war auch eitel und nicht wenig stolz darauf, dass sie auch einmal in einem richtigen Film mitmachen durfte. In einer ganz schwierigen Rolle", betonte Friedolin voller Stolz. „Das kam so: Sie schwamm, wie wir, vergnügt in einem Teich. Dieser Teich befand sich in einem großen Garten in Hollywood, einer großen Stadt in Amerika, in der viele Filme gedreht werden. Ihr Zuhause lag abseits von einem prächtigen Haus, das im oberen Teil des Gartens stand. Der Besitzer war ein Filmproduzent namens Harry, der nicht nur seine Arbeit und das Geld, sondern auch die Natur und Tiere, insbesondere Goldfische, liebte. Eines Abends saß der Filmemacher Harry am Teich und sah halb träumend, halb wach seinen Fischen in der Abendsonne zu, als ihm eine Idee kam. Die schöne goldrote Isabell, das war meine Großmutter, könnte doch in einem besonders großen runden Glasbehälter herumschwimmen, einem Sonderaquarium. Mit ein paar Pflanzen darin und Kies könnte sie auf dem Schreibtisch stehen, in einer Filmszene. Er arbeitete gerade an einem Krimi, einem Film voller Spannung, und ihm fielen immer wieder Kleinigkeiten zur Ausschmückung des Filmes ein, so auch das Aquarium mit meiner Großmutter. Am nächsten Tag schon fischte er Isabell aus dem Teich und hob sie behutsam in ihr neues Zuhause. ‚Ich hatte schreckliches Herzklopfen und Angst', erzählte sie mir später. Schon sehr bald stand sie auf einem Schreibtisch in einem elegant eingerichteten Zimmer. Es waren aber Wände und Möbel nur für diesen Film so aufgestellt worden. Große Scheinwerfer beleuchteten diesen Raum. Ein Mann mit einer Kamera führte Befehle aus, die er von Harry in sehr nervösem, lautem Ton bekam. Es sollte alles schnell gehen und dabei echt aussehen. Meine Großmutter war sehr aufgeregt und gespannt, was passieren würde. Am Schreibtisch saß ein stattlicher, großer Mann mit dickem Bauch und schrie einen anderen an, der mit einer Sonnenbrille auf der Nase gerade hereinkam und ein recht finsteres Gesicht machte. Seine Augen sah man nicht. Der Beleibte am Schreibtisch nannte ihn Ben. Ben setzte seine Brille ab und steckte sie nervös in die Tasche. Er sah nun noch grimmiger aus und redete überaus laut auf den am Schreibtisch sitzenden ein. Plötzlich tat es einen fürchterlichen Schlag, meine Großmutter hatte kein Wasser mehr um sich herum und bekam keine Luft mehr. Der Mann mit der Sonnenbrille in der Jackentasche hatte mit einem langen schweren Gegenstand, der da irgendwo herumgestanden hat, auf den Mann am Schreibtisch eingeschlagen und dieser fiel zu Boden. Dabei ging Großmutters Aquarium zu Bruch. Ob das geplant war, wusste sie nicht. Vielleicht war es ein Versehen. Harry rief dann ganz laut: ‚Ende! Aus!' Isabell wurde es ganz schwarz vor den Augen. Sie konnte nichts mehr sehen, bis sie auf einmal wieder im Wasser schwamm, in einer großen Badewanne. Der Mann, der niedergeschlagen wurde, stand dann wieder lustig lachend an ihrer Wanne und sah zu, wie sie ihre neue Umgebung austestete und versuchte, den Schreck zu verdauen. Den eigentlichen Schlag bekam nur der Glasbehälter ab, den Mann am Schreibtisch erreichte er nicht. Das sollte nur so aussehen, wie das eben so ist beim Film. Es ist alles nur gespielt und gestellt und zum Glück nicht echt. Nur bei meiner Großmutter war alles echt. Sie hatte einen gewaltigen Schock, weil sie das alles nicht wusste und kannte. Sie brauchte lange, um ihre Angst zu vergessen. Sie erzählte mir, dass die Aufnahmen richtig gut waren und nicht mehr wiederholt werden mussten. Was ein Glück! Es kamen aber noch ganz andere Dinge auf sie zu.

Eine bildschöne, nicht mehr ganz so junge, aber noch sehr jung wirkende Dame, die stets von Harry mit besonderer Freude und großer Zuwendung begrüßt wurde, kam eines schönen Tages zu Isabell und war begeistert von ihr. Die junge Frau wurde von Harry Darling oder Baby genannt, aber eigentlich hieß sie Barbara und kam aus Germany, wie sie sagte, also aus Deutschland. Alles was diese Frau besonders schön fand, also fast alles, bekam sie bald daraufhin von Harry geschenkt. In diesem Fall bekam sie meine Großmutter. So erzählte sie es mir," sagte Friedolin. „Die Geschichte geht weiter, willst du sie hören, Berti? Jetzt wird es erst richtig spannend." „Gern, erzähl weiter!", Berti war ganz ungeduldig. „Also", sagte Friedolin, „Folgendes hat Großmutter erlebt:

Sie wurde in einen dunklen Behälter gesteckt, der in der Länge und Breite ungefähr doppelt so groß war wie sie selbst. Alles war düster und schwankte. Sie schwamm so gut es möglich war im Wasser herum und bekam auch etwas zu fressen. Ein komisches Futter jedoch, „Fischfutter", so nannten sie es. Dann hörte sie Teile von dem, was Barbara sagte. Es hatte irgendetwas mit Flugzeug und Reise zu tun. Sie wollte nach Germany zurück. Eine Weile war es still. Dann erklang Barbaras Stimme ganz laut: ‚Passen sie gut auf meinen Goldfisch auf.' Plötzlich schlugen in Isabells Gefäß Wellen wie im Ozean, dann war es wieder ruhig und sie konnte sich etwas erholen. Ein ohrenbetäubendes Motorengeräusch begleitete viel später wieder Wellen und das Schwanken. Sie hatte fürchterliche Angst, denn diese Bewegungen kannte sie nicht. Hinterher wusste sie, dass sie eine Flugreise gemacht hatte. Sie war von Amerika nach Europa gereist, genauer: nach Deutschland. Sie hörte Barbaras Stimme: ‚Meine kleine Isabell, wir sind über den Ozean geflogen, ein großes Wasser. Wenn du nur wüsstest wie groß… Und jetzt sind wir auf dem Flughafen in Frankfurt am Main, wir müssen nur noch mit dem Taxi fahren.' Am Anfang kannte meine Großmutter die Sprache noch nicht, dann kam sie dahinter und wusste, was gemeint war.

Sie hatte nun ein komfortables Zuhause in einem großen Glasbehälter, der mit viel Wasser, Pflanzen und Steinen am Boden ausgestattet war, und sie bekam jeden Tag viel Futter. Das Alleinsein machte ihr jedoch Kummer, denn Barbara war viel unterwegs.

Isabells Aquarium stand im Wohnzimmer, nicht weit von der Küche entfernt, die zum Zimmer nur halb abgeteilt war. Sie konnte deshalb auch alles, was in der Küche vorging, gut beobachten. So sah meine Großmutter eines Tages, dass Barbara eine Pfanne nahm, sie auf den Herd stellte und etwas Öl hinein goss. Dann nahm sie einen Fisch, der viel größer war als meine Großmutter und legte ihn in die heiße Pfanne. Nachdem er gebraten war, aß sie ihn später auch noch auf. Das war zu viel für Isabells zartes Gemüt. Sie bekam einen Schock und dachte: ‚Vielleicht muss ich das auch mitmachen, wenn ich groß und dick genug bin'.

Aber es kam anders. Sie fand heraus, dass Goldfische ‚Zierfische' sind, die man lieb hat und gerne ansieht, jedoch nicht isst.

Eines Tages kam ein großer junger Mann zu Besuch. Er hatte ein liebes Gesicht und lachte sie an, er sah auch ganz genau hin. Dann sagte er zu Barbara: ‚Den nehme ich!' Sie antwortete nur: ‚Du meinst wohl 'sie'. Sie heißt nämlich Isabell.' ‚Ja, also sie, Isabell', antwortete er. ‚Sie kommt wieder zu Artgenossen, dann ist sie nicht mehr alleine.' Barbara fügte hinzu: ‚Im Teich in deinem Garten hat sie es besser

als bei mir. Ich gebe in Kürze meine Wohnung hier auf und ziehe nach Berlin. Dann habe ich noch weniger Zeit, da ich eine besonders interessante Rolle in einem neuen Theaterstück spielen werde.' Was hatte sich meine Großmutter da gefreut, und noch am gleichen Tag kam sie in den Teich. Er war nicht so sehr groß, hatte aber doch genügend Platz für noch andere Goldfische. Dort lernte sie noch am gleichen Tag meinen Großvater kennen.

Und was glaubst du, Berti,...", Friedolin machte eine Pause, „...wo der Teich war?" Berti war ganz ergriffen von der Geschichte „Es war der Teich, in dem wir beide gerade schwimmen. Früher war er etwas größer, wurde dann aber verkleinert. Meine Höhle ist aber noch von damals." „Nein!", Berti war erstaunt, wurde ganz nachdenklich und musste das alles erst einmal „verdauen".

Berti und Friedolin ließen sich von der Sonne bescheinen und genossen die Ruhe. Auf einmal gab es einen gewaltigen Schlag auf die Wasseroberfläche, und es wurde dunkel. „Friedolin", rief Berti ganz verzweifelt, „ich bin gefangen. Hilfe!" Aber Friedolin war nicht zur Stelle. Berti befand sich in einer engen Röhre und schwamm geradeaus. Er sah nichts, sondern merkte nur, dass es um eine Kurve ging und danach nicht mehr weiter. Berti bekam Angst. Er erinnerte sich an die Geschichte, die er soeben gehört hatte, vorwiegend an den Fisch in der Pfanne, und ihm wurde ganz übel. Plötzlich rauschte es wie bei einem Wasserfall. Es kam ihm so vor, als würde er aus einer Höhe hinabstürzen. Und so war es auch. Das Wasser um ihn herum wurde wieder ruhig, und er entdeckte Friedolin neben sich, der auch ganz erschrocken dreinschaute. Sein Freund hatte alles beobachtet. Berti und Friedolin hatten sich nach einer Weile wieder etwas beruhigt, da sahen sie Martin am Rand des Teichs stehen. Sie kannten ihn und mochten ihn sehr. Er war immer sehr fröhlich und warf oft zusätzlich etwas Futter ins Wasser, was beide ganz besonders liebten.

Aber diesmal war es kein Futter, das er da in den kleinen Teich fallen gelassen hatte. Es war einer seiner Gummistiefel. Martin ist der Sohn der Leute, denen das Haus, der Garten und der kleine Teich gehört. Martin war neun Jahre alt und kam gerade von der Schule. Auf dem Weg nach Hause war er mit seinen Kameraden durch die tiefsten Pfützen gewatet, was mächtig Spaß machte. Martins Mutter mochte jedoch gar nicht, dass er mit schmutzigen Schuhen in das Haus trat. Er zog seine Stiefel deshalb am Teich aus. Damit sie auch sauber werden, wollte er sie im Wasser abwaschen. Dabei war der erste in das Wasser gefallen. Berti war unter Wasser dann hinein geraten und mit dem Wasser wieder ausgekippt worden. Zum Waschen des zweiten Stiefels blieb Martin nicht mehr viel Zeit, denn seine Mutter rief: „Martin komm bitte sofort! Das Essen steht schon auf dem Tisch." Schnell schwenkte er den anderen Stiefel durch das Wasser, stellte dann beide in die Sonne zum Trocknen und rannte ins Haus. Friedolin und Berti umgab noch mal eine braune Wolke aus Schlamm, danach war das Wasser wieder klar wie zuvor.

„Wir müssen uns nach dieser Aufregung erst einmal erholen", sagte Friedolin zu Berti. „Komm mit in meine Höhle, da sind wir sicher."

Es vergingen schöne, ruhige und sonnige Frühlingstage.

Eines Tages bekamen sie weitere Gesellschaft, zwei Goldfische Sinty und Caroline wurden sie genannt. Vater hat sie mitgebracht und vorsichtig aus einem Behälter in den Teich gleiten lassen. Das war eine Freude. Alle haben sich sofort gut verstanden. Dann wurde der Teich noch etwas vergrößert und Pflanzen an den Rand des Teichs gesetzt. Dadurch entstanden neben Friedolins Höhle noch mehrere Schlupflöcher und Höhlen für die anderen, die sich dann auch immer einmal dort aufhalten konnten. Es begann eine schöne Zeit. Auch eine Kröte kam ab und zu. Sie saß dann auf einem kleinen Mauerabsatz unterhalb des oberen Teichrandes und quakte heftig darauf los. Die Goldfische, die die Krötensprache nicht so gut kannten, verstanden jedoch nicht viel davon und begriffen nicht, welche Geschichte diese Kröte zu berichten hatte…

Die Kröten

Eine Kröte saß auf einem Mauerabsatz, der die obere Einfassung eines Gartenteiches bildete. Man sah sie nur, wenn man sich tief bückte. Aber jeder in unmittelbarer Nähe hörte sie. Es war eine stattliche Erdkröte, ein Krötenmann. Sein Gequake mischte sich so eindrucksvoll unter das Vogelgezwitscher aus dem Garten, dass der Hausherr und seine Frau nebst Besuch, die gerade plaudernd auf der Terrasse saßen, aufstanden und sich auf die Suche machten. Und siehe da, sie hatten Glück: Sie entdeckten ihn. Er hatte dort schon öfters gesessen, nur hatte ihn noch niemand gesehen. Sie setzten sich alle wieder auf ihre Stühle, denn sie wollten die Kröte nicht verjagen, wussten sie doch, dass Kröten nützliche Tiere sind und sich von Insekten und Schnecken ernähren, die es im Garten reichlich gab. Hätten sie die Krötensprache verstanden, hätten sie gewusst, was sie da quakte. Es kam nämlich noch ein weiteres Quaken dazu. Sie hätten folgende Geschichte gehört:

„Da bist du ja endlich wieder, Amanda“, rief Willibald, riesig froh, seine Krötenfreundin wiederzusehen. „Hallo Willibald! Da bin ich wieder, endlich wieder zu Hause. Das kannst du laut sagen: Endlich wieder zu Hause! Was glaubst du, was ich mich darauf gefreut habe, denn freiwillig war ich nicht weg. Ich habe oft an dich gedacht. Sehr froh war ich, als ich dich schon von weitem gehört habe. Traurig warst du, das habe ich an deinem Gesang gehört.“
„Nun ja“, gab Willibald zu. „Wo warst du die ganze Zeit?“
„Ja, das muss ich dir erzählen, Willibald. Das ist eine lange Geschichte.“ Amanda setzte sich zu Willibald auf den Mauerabsatz und fing an zu berichten. „Das war also so… Weißt

du noch, an dem Abend als der Mond so schön schien? Da bin ich noch einmal durch den Wald spaziert und kam an die Straße. Ich meine das Stück, das so breit ist und auf dem kein Halm wächst und auch sonst nichts. Wo selten einmal ein Zweig liegt und Blätter, die der Wind herabgefegt hat. Dort, wo diese Ungeheuer vorbei rasen, die abends, wenn es dunkel wird, ganz große leuchtende Augen haben, mit einem schrecklichen Gebrumme kommen und schnell wieder weg sind. Die Menschen nennen sie Autos. Das habe ich inzwischen gelernt. Ich saß da so am Wegrand im Gras und überlegte, ob ich es schaffe, ganz schell über die Straße –so nennen die Menschen die kahle Stelle, wo die Ungeheuer fahren- auf die andere Seite zu kommen. Als ich noch nachdachte, schnaubte ein solches Ungetüm plötzlich ganz schnell heran. Ich bekam große Angst und drehte mich um, weil ich in den Wald zurück hüpfen wollte. Da verspürte ich einen Schmerz in meinem Hinterteil und konnte nicht mehr flüchten. Über mir war ein Ast, ich war eingeklemmt. Mit einem Ende steckte der Ast unter einem der vier schrecklich großen und runden Gummifüße des Ungetüms. Die stinken fürchterlich. Die Menschen nennen sie Reifen. Da ging auch noch die Seite des - ich sage mal Auto, wie es die Menschen nennen – auf, also eine Tür und heraus stieg ein kleiner Junge. Er rannte hinter einen Baum. Seine Mutter rief: ‚Nicht so weit Mathias, es ist doch dunkel.' Er kam auch sehr bald wieder und wollte über mich hinweg in das Auto steigen. Da ließ er etwas fallen, das er aus seiner Tasche in der Hose geholt hatte. Es hatte ebenfalls vier Räder und war sehr hart. Ich konnte es genau sehen und fühlen. Es fiel neben mich. Natürlich war ich erschrocken. Es war ein ganz kleines Auto. Ich dachte, ein Kind vom großen Auto. Kleine Menschenkinder spielen mit kleinen Autos. Jeder hat etwas seiner Größe angepasst. Der kleine Junge, den sie Mathias nannten, bückte sich, um sein Auto aufzuheben und entdeckte mich. Ganz laut rief er: ‚Mutti, Papa hier steckt ein Frosch oder eine Kröte unter einem Zweig, ganz dicht am Autoreifen, kommt mal schnell!' Die Mutter machte sofort wieder ihre Tür zu, zog die Beine hoch auf den Sitz und schrie: ‚Dass ja das Tier, der Frosch oder was es auch ist nicht hereinkommt! Ich schreie ganz laut um Hilfe!' Der Vater aber war ein netter Mann. Er sagte zu seiner Frau: ‚Es ist vielleicht ein verzauberter Prinz. Wenn du ihn küsst, verwandelt er sich wieder zu einem Prinzen.' Sie meinte aber: ‚Nein danke, ich habe ja dich und brauche keinen Prinzen.' Es war eine Familie mit viel Humor. Das hatte ich in diesem Moment gemerkt. Der Vater war ein ruhiger, besonnener Mann, und er hatte ein großes Wissen. Er kam um das Auto herum, sah mich und erkannte gleich, dass ich kein Frosch, sondern eine Kröte war. ‚Eine Erdkröte!', sagte er. Ich war froh, dass er mich richtig erkannt hatte. ‚Wir müssen sie behutsam befreien', sagte er. ‚Sie ist verletzt. Der Autoreifen hat sie gestreift.' Mathias bat gleich: ‚Ich darf sie doch mitnehmen, ja? Ich pflege sie auch gesund, ja Papa, bitte, bitte! Der Vater ließ sich überreden, nur die Mutter protestierte: ‚Nur wenn ihr euch um sie kümmert. Ich kenne mich da nicht aus. Gemüse, Fleisch und Fisch wird sie wohl nicht essen wollen.' ‚Wir machen das schon`, beruhigte sie der Vater, ‚es ist aber nicht so einfach, der Ast sitzt zu fest. Ich muss zurückfahren.' Er stieg wieder in das Auto. ‚Ich fahre vorsichtig zurück'. ‚Ja', rief Martin aufgeregt, ‚bitte Papa, ganz, ganz vorsichtig. Ich halte den Ast fest.' ‚Drück den Ast hoch, Martin!', wies der Vater an. ‚Ja, mache ich, und pass auf die Kröte auf!' Sie machten ihre Sache gut, und ich war befreit. Der Vater nahm mich hoch. Ich saß in seiner

Hand, die viel größer war, als sie zuvor ausgesehen hatte. Was wird jetzt mit mir geschehen? Mir war ganz mulmig. Der Vater nahm ein Tuch aus seiner Hosentasche, Taschentuch so heißt es, und setzte mich darauf. Dann band er die vier Eckzipfel zusammen, und ich konnte keine Flucht mehr ergreifen. Jetzt war ich gefangen. Mathias hielt mich, unter dem Tuch die eine Hand, mit der anderen Hand drückte er die zusammengebundenen Ecken ganz fest. Ab und zu flüsterte er ganz leise durch einen Schlitz: ‚Du wirst wieder gesund. Du brauchst keine Angst zu haben, ich pass auf dich auf. Bei mir hast du es gut.' Die Sprache verstand ich da noch nicht. Mein Gefühl sagte mir, dass er es ernst meinte und wirklich gut zu mir war. ‚Er mag mich', dachte ich. Weißt du, Willibald", Amanda machte eine Pause, dann sprach sie in ihrem Krötenquaken weiter: „Wir Kröten haben doch von Natur aus einen Instinkt. Das hat mir geholfen, die Sprache der Menschen zu verstehen. Natürlich musste ich genau aufpassen und beobachten. Das war alles nicht so einfach. Mathias war aber nicht so kompliziert. Bei ihm lernte ich am meisten.

Wir saßen also alle wieder im Auto. Ich sah durch einen Schlitz in meiner vorübergehenden Behausung, dass Mathias Vater einen Schlüssel herumdrehte, und das Auto gab ein schreckliches Brummgeräusch von sich. Im ersten Moment habe ich mich erschreckt und dachte, wir seien alle verschluckt und gefressen worden. Dann bewegten wir uns weiter. Die Bäume rasten an uns vorbei. Das sah natürlich nur so aus, wir rasten in Wirklichkeit an den Bäumen vorbei. Mit dem großen Rad, vor dem er saß, lenkte der Vater das Auto in die richtige Richtung. Nach einer Weile hielten wir an. Der Vater drehte den Schlüssel zurück, das Auto stand und alles war still. Mathias erklärte mir: ‚Wir sind jetzt zu

Hause.' Er machte die Tür auf und stieg mit mir aus, die Mutter und der Vater ebenfalls. Der Vater stieg wieder ein und fuhr das Auto in einen Raum mit einer großen Klapptür davor, die er dann zumachte. Mathias sagte: ‚Er fährt das Auto in die Garage, dann kommt er auch. Jetzt waren wir alle im Haus. ‚Mutti, wo soll ich denn die Kröte hineintun?' ‚Ich hole dir einen Schuhkarton', rief die Mutter. ‚Ich habe einen aufgehoben, als hätte ich geahnt, dass wir ihn jetzt brauchen. Ich lege noch ein zartes wolliges Tuch hinein, da wird sich dein Gast wohl fühlen.' ‚Oh, danke', sagte Mathias und setzte mich ganz vorsichtig in den Kasten. Der Stoff darin war wirklich ganz warm und zart, aber noch fremd, und er roch auch ungewöhnlich. Später lernte ich den Duft besser kennen, es war Waschpulvergeruch. Die Menschen waschen ihre Kleidung - das ist das, was sie anhaben, also Hemd, Hose und andere Wäsche- in einer Maschine mit einem Pulver. Das ist dann besonders gut und sauber, sagen sie." Willibald staunte nur und schüttelte den Kopf. „So etwas gibt es?" „Ja, Willibald, das ist wie eine zweite Haut, die sie vor der Kälte schützt, und die wird oft ausgetauscht und gewaschen", ergänzte Amanda schnell. „Und die Leute selbst waschen sich auch jeden Tag mit einem gut riechenden Schaum oder einer duftenden Seife und lassen dabei eine Menge Wasser über sich laufen. Ebenso begeistert sind sie von einer Flüssigkeit, die sie Parfüm nennen und die noch kräftiger duftet. Ich kann dir sagen, ich habe nur noch gestaunt und wäre am liebsten gleich wieder zurück hierher gekommen."

„Ja, nun saß ich in dem Schuhkarton und überlegte, was wohl kommen würde. Schuhe sind übrigens die Kleidungsstücke an den Füßen der Menschen, die sie jeden Tag anziehen, um bequem laufen zu können. Davon haben sie auch eine Menge. Ich wollte ja wieder in die Freiheit, aber mein Hinterteil tat so weh. Da kam Mathias in sein Zimmer zurück: „Liebe Kröte“, sagte er zu mir, ‚du heißt jetzt Liesa. Kröte ist ja kein richtiger Name, es ist eine Art wie „Mensch“ zum Beispiel. Ich heiße Mathias. Du kennst meine Sprache nicht, du verstehst mich aber, ja?, fragte er ganz lieb und sagte weiter: ‚Papa macht dir einen Sud aus Kamille und Salbei. Davon wirst du gesund.‘ Erst verstand ich natürlich kein Wort und war sehr aufgeregt. ‚Was wird jetzt kommen?‘, dachte ich. Aber mein Gefühl sagte mir, dass es etwas ganz besonders Gutes ist, denn Mathias Augen strahlten mich an, und er machte ein ganz fröhliches Gesicht. Da kam der Vater herein, in der einen Hand hielt er einen Topf mit einer Flüssigkeit, die sehr stark nach Pflanzen roch. In der anderen Hand hatte er etwas Weißes, Flauschiges, zart wie Federn. Das nennen sie Watte. Die Flüssigkeit im Topf war ein wenig warm. In diese tauchte er die Watte ein und tupfte meine wunde Stelle am Rücken ab. Es tat erst etwas weh, dann war es aber angenehm. Alle waren ganz lieb und nett zu mir, einfach super. Ich war sehr froh. Mathias stellte mir eine Schüssel mit Wasser in meinen Kasten. ‚Du hast sicherlich Durst‘, sagte er. Aber das bisschen Wasser war natürlich kein Ersatz für das Wasser in unserem Teich. Zum Trinken reichte es jedoch.

Dann nahm er einen Deckel, in dem Löcher waren, und deckte den Kasten zu. Gute Nacht und werd bald gesund‘, flüsterte Mathias und schob mich in dem Kasten unter sein Bett. Nach einer Weile krachte und knirschte es über mir. Mathias war in sein Bett gesprungen. Wie er manches Mal so stürmisch war, konnte er auch wieder brav und ruhig sein. Seine Mutter rief noch: ‚Gute Nacht und sei leise, damit Liesa nicht aufwacht.' Er aber rief ganz laut: ‚Gute nach Liesi!' Ab und zu sagte er Liesi. Ich hatte nun zwei neue Namen. Das Licht ging aus, und es wurde still. Ich schlief irgendwann ein, es war so gegen Morgen.

Plötzlich hörte ich ein abscheuliches Gebrumme, das noch grässlicher war als das Autogeräusch vom Vortag, und irgendetwas schubste mich mit meinem Kasten hin und her. Das Wasser im Schälchen schwappte heraus, und ich dachte: ‚Jetzt geht die Welt unter'. Da hörte ich eine fremde Frauenstimme rufen: ‚Was hat er denn da unter seinem Bett?' Der Kasten, in dem ich hauste, schwankte und der Deckel ging auf. Ich sah einen dunkelbraun gelockten Frauenkopf über mir und hörte einen Entsetzensschrei: ‚Hilfe, was ist denn das für ein Untier?' ‚Eine Beleidigung, dachte ich. Ich bin eine Kröte und kein Untier. Mathias Mutter hörte das Geschrei, kam schnell herbei geeilt und setzte mich in meinem Kasten auf den Tisch am Fenster. Sie erklärte der Frau, die sie mit ‚Mira' anredete, dass ich eine Kröte sei und dass Mathias mich gefunden hatte und jetzt gesund pflege. Frau Mira war die Putzfrau, die jede Woche zweimal kam und alles sauber machte. Das brummende Ding war ein Staubsauger, wie ich lernte. Er fraß Staub, Papierschnitzel und was sonst so herumlag. Die Putzfrau musste ihn lenken und zuvor Mathias Legosteine wegräumen, sonst hätte er die auch noch verschluckt und Mathias bitter geschimpft. Das war schon einmal geschehen und Mathias Mutter hatte gemahnt: ‚Räum alles richtig auf, dann passiert so etwas nicht.' Das Habe ich so nebenbei gehört.

Währenddessen war ich aus meiner Behausung geklettert und hatte den Weg in die Küche gefunden. Im Zimmer war es mir zu laut und unruhig. In einem günstigen Moment

war ich aus dem offenen Kasten gehüpft. ‚Nichts wie weg', war mein Gedanke. Auf der Anrichte in der Küche sah ich einen Salat liegen. Ein Gefühl sagte mir, dass eine Schnecke darin ist. Zuerst prüfte ich, wie ich hinauf kommen könnte. Ich sah eine kleine Leiter, an der oben eine Plattform angebracht war, auf die man sich setzen konnte. Die Sprossen waren nicht weit auseinander, und ich war schnell oben auf der Platte. Auf eine Schublade, die noch etwas offen stand, konnte ich hoch hüpfen, dann noch einen Sprung, und ich war am Salat. Welche Freude! Ich hatte Recht, eine Schnecke fand ich an der Unterseite eines Blattes und verspeiste sie sofort. Da hörte ich Mathias Mutter kommen. Sofort hüpfte ich auf den Boden. Sie hatte nichts gemerkt, sah mich aber und rief: ‚Du bist ja hier in der Küche! Mach, dass du in deinen Kasten kommst, sonst wirst du noch zertreten.' Ich hüpfte so schnell ich konnte hinaus auf den Flur.

Dort kam mir – o Schreck- der Staubsauger mit der Putzfrau entgegen. Schnell machte ich einen riesigen Satz über den langen Stab des brummenden Ungetüms und landete vor Mathias Zimmertür, die nun leider geschlossen war. Mira erschrak, ließ den Staubsauger fallen und schrie: ‚Hilfe, die Kröte!' Wieder kam die Mutter herbeigeeilt. Schnell und geschickt hüpfte ich in einen von Mathias Hausschuhen, die er an der Garderobe stehen gelassen hatte. Dort hängen auch Leute, die mal zu Gast sind, ihre Jacken und Mäntel auf.

‚Vorerst bin ich sicher', dachte ich. Sie suchten mich nun beide voller Sorge. Mira sah die Hausschuhe und hob sie hoch. Sie dachte sicher, ich wäre darunter. Dabei berührte sie mich mit ihren Fingerspitzen, stieß einen markerschütternden Schrei aus und ließ den Schuh samt mir fallen. Ich landete sehr sanft, in dem zarten weichen Hausschuh. Mira

saß völlig fertig auf dem Boden und stöhnte: ‚Das halte ich nicht aus! Hoffentlich holen Sie sich keine Schlangen und Krokodile ins Haus, dann komme ich nicht mehr zu Ihnen.' Die Mutter lachte nur und meinte: ‚Ich werde meine Familie davon abhalten, in Gegenden zu fahren, wo es solche Reptilien gibt. Bei dieser großen Tierliebe ist das wohl das Sicherste, sonst haben wir noch einen Alligator in der Badewanne.' Die Mutter hatte sich auf einen Hocker, der im Flur stand, gesetzt und lachte mit der Putzfrau. Da hörte ich den Schlüssel im Türschloss. Die Tür ging auf und der Vater kam mit einem jungen Mann herein. Es war ein Student, wie er erklärte. ‚Habt ihr ein Meeting auf dem Flur?' Er hatte ein verschmitztes Lächeln, und ich wusste, dass er besonders gut aufgelegt war. Er erzählte, dass er gerade von einer Vorlesung komme, er war nämlich Biologie-Professor. ‚Wir wollen noch etwas im Arbeitszimmer besprechen', hörte ich ihn sagen. Da sah er mich: ‚Ach da ist ja unsere Liesa.' Er kam auf mich zu, hob mich hoch auf seine Hand und zeigte mich dem jungen Mann. ‚Ist sie nicht ein Prachtexemplar von Erdkröte?' Sie nahmen mich mit in das Arbeitszimmer, und er setzte mich auf seinen Schreibtisch. Ich fühlte mich natürlich geschmeichelt. ‚Prachtexemplar', das war etwas. Aber als sie mich von allen Seiten beäugten, wurde es mir doch etwas komisch zu Mute. Da sagte der Vater: ‚Wir bringen sie auf alle Fälle wieder in den Wald, genau an die Stelle, wo wir sie gefunden haben. Sie muss wieder zu ihresgleichen, damit die Art erhalten bleibt. Nur noch ein bis zwei Wochen überlasse ich sie Mathias. Er hat sie so gern und pflegt sie ganz liebevoll.' Bei diesen Worten habe ich mich riesig gefreut. Sie bringen mich wieder nach Hause, dachte ich, und dass Mathias mich mag, freute mich auch. Am liebsten wäre ich ganz hoch gehüpft. Aber so hoch wurde der Freudensprung nicht, denn ich wusste ja nicht, was die Männer davon halten würden, und der Schreibtisch war mir nicht ganz geheuer. Der Vater nahm mich dann ganz vorsichtig auf seine Hand und brachte mich zurück in meinen Kasten in Mathias Kinderzimmer.

Dort fraß ich mein Futter, das ich bekommen hatte. Es schmeckte so leidlich, frisch gefangen ist aber alles besser. Die Menschen kaufen das Futter für ihre Tiere, wie ich hörte, in einer Zoohandlung.

Plötzlich ging mit einem lauten Geräusch die Tür auf und herein stürmte Mathias mit seinem Freund Martin. ‚Mutti', rief er mit besonders viel Freude, ‚wir haben heute früher Schule aus, und Martin darf hier bleiben. Kann er mit uns essen?' ‚Ja natürlich', antwortete seine Mutter, ‚das ist kein Problem.' ‚Seine Mutter hat es erlaubt', rief Mathias noch mit Nachdruck. Er wusste, es musste alles seine Ordnung haben, sonst gab es Ärger. Die zwei Freunde hüpften, lachten und freuten sich königlich. Da fragte Martin geheimnisvoll: ‚Soll ich dir noch etwas Schönes erzählen?' Voller Freude und Stolz verkündete er: ‚Ich bekomme ein Geschwisterchen, einen Bruder oder eine Schwester. Was genau, weiß ich noch nicht. Das dauert noch bis zum Ende des Sommers. Ich freue mich!' Dann spielten sie und Mathias zeigte Martin ein Spielzeug. Sie sahen mir zu und wurden dann zum Essen gerufen wurden.

Anschließend mussten die beiden Jungen Hausaufgaben machen. Wenn Kinder in der Schule waren, müssen sie zu Hause noch einmal alles üben und aufschreiben. Die Menschen können nämlich alles, was sie sprechen auch auf ein Stück Papier schreiben, sie benutzen auch zusammengeheftetes Papier, „Hefte" für die Schule. Zum Schreiben benötigen sie zahlreiche einzelne Buchstaben und auch viele Zahlen, mit denen sie rechnen. Das müssen Kinder auch lernen. Ich sage dir, Willibald, die haben es nicht einfach. Wir Kröten haben es leichter. Unser Instinkt, der angeboren ist, sagt uns, was wir tun müssen. In die Schule gehen sie jeden Tag mit einer Tasche voller Bücher und Schreibzeug auf dem Rücken. Sie dürfen auch nichts vergessen. Die Mutter fragte Mathias deshalb jeden Tag: ‚Hast du auch nichts vergessen?' „Amanda, du bist ja richtig klug geworden", meinte Willibald. „Ich bewundere dich schon etwas." Er war sehr erstaunt, was seine Amanda da erzählte, war eine Sensation für ihn und unglaublich interessant. Da er neugierig war, bat er sie ganz schnell weiter zu erzählen, also fuhr sie fort: „So vergingen ein paar Tage. Manchmal fing ich ein Insekt, das von der großen Terrassentür hereinkam. Wenn mich niemand sah, machte ich Ausflüge in der Wohnung. Alle achteten aber darauf, dass ich nicht ausreißen konnte. Die Türen und Fenster nach draußen waren zu. Dann kam das Wochenende. So heißt das, wenn niemand arbeiten muss und die Kinder nicht in die Schule gehen müssen. Aber zuhause wird auch viel herumgewerkelt und gearbeitet. Oft wird gesagt: ‚Ich habe keine Zeit.'

An diesem Wochenende stand viel auf dem Plan. Es war ein geschäftiges Hin und Her. Das Telefon klingelte oft. Weißt du, das ist so ein Ding mit vielen Knöpfen, auf denen Zahlen stehen. Da wird eine Reihe Zahlen gedrückt und dann meldet sich eine Person, mit der gesprochen wird. Oder umgekehrt: Es klingelt, das Telefon wird genommen und es wird mit einem anderen geredet. Toll, meinst du nicht auch?" „Brauchen wir nicht", meinte Willibald, „unser Quaken hört jeder, auch ohne Telefon. Weiter weg braucht es keiner zu hören." „Hast Recht", sagte Amanda, „aber bei den Menschen ist das anders".

Jedenfalls kamen an diesem Wochenende Leute mit Behältern, die mit leckerem Essen gefüllt waren. Das wurde alles auf einem langen Tisch aufgebaut und ich hörte nur: ‚Lekker, wunderbar, das stellen wir am besten so hin.' Nur alles super, super. Es roch auch entsprechend gut, sagten alle. Es wurden Blumen gebracht mit Karten und Glückwunschtelegramme, und alle waren sehr gut angezogen, was zum Ausdruck kam, als sie sich gegenseitig bewunderten und Komplimente machten. Ich war so gespannt, was da wohl vor sich geht, das glaubst du nicht. Es hielt mich nichts mehr in dem Karton, ich saß in einer Ecke in der Diele, dem großen Eingangsraum. Da konnte ich alles sehen, wer kam, was kam und auch in das Zimmer mit den aufgebauten Speisen schauen. Auch etliche Flaschen mit Getränken waren an einer Bar aufgebaut. Es stellte sich heraus: Der Vater hatte Geburtstag, ‚einen Runden', sagten sie. Da soll eine Kröte wissen, was das ist. Egal, alle gratulierten ihm und umarmten ihn und schenkten ihm alles Mögliche. Es füllte sich der Raum mit Leuten und immer mehr kamen dazu, bis dann auch der letzte erwartete Gast da war. Sie saßen und standen überall, im Wohnzimmer, das sehr groß war und dem Zimmer mit dem Schreibtisch, auf dem ich auch einmal saß. Es hatte eine Verbindungstür zum Wohnzimmer und eine Tür zur Diele. Es standen auch noch Leute im Eingangsraum und sprachen miteinander. Überall waren Vasen mit Blumen und jeder redete und lachte mit irgendeinem oder mehreren. Ich dachte: ‚Eine verrückte Sache', und war ganz aufgeregt. Mathias hatte sich in seinem Zimmer mit anderen Kindern, die auch zu Besuch gekommen waren, beschäftigt und bedauerte, dass Martin, sein bester

Freund, nicht kommen konnte. Er war über das Wochenende verreist, bei Verwandten. An mich hatte keiner mehr gedacht. Ich hatte mich ganz im Eifer und auch aus Neugier bis fast zur Mitte des Eingangsaumes vorgearbeitet. Es war Leichtsinn von mir, denn plötzlich war ich wie von einer Glocke umhüllt. Eine Frau war gekommen, die ein Kleid trug mit einem Rock, der fast bis zum Boden reichte. Er war nur so weit vom Boden entfernt, wie ich hoch war, wenn ich mich streckte. Ich saß vor Schreck ganz starr, direkt neben ihren Füßen, die in Schuhen steckten, mit riesengroßen Absätzen, größer als ich und zwischen Absatz und vorderem Fuß hätte ich durchschlüpfen können, wie durch einen Maulwurfsgang. Neben mir ragten Beine hoch, wie bei einem Baum der Stamm, nur mit glänzenden Strümpfen umgeben." Willibald war ganz entsetzt: „Und weiter…", sagte er. „Ja, ich kroch vorsichtig und schnell zum Rand des Rocks, denn jeden Augenblick konnte sie einen Schritt machen, der mich platt getreten hätte. Ich lugte mit dem Kopf unter dem Kleid hervor, da sah mich jemand, der so schräg gegenüber stand und gerade herunter schaute. Es war auch eine Frau, die hatte kein Kleid, aber lange Hosen an, ganz dunkel, und auch solche schrecklichen Schuhe, hinten ein dicker Block, der Absatz, und vorne der Fuß im vorderen Teil des Schuhs. An der Seite war etwas das glänzte. Alles Sachen, vor dem man sich in Acht nehmen muss, dass man nicht darunter gerät. Jedenfalls sah diese Frau mich, und ich hörte einen schrillen Entsetzensschrei, dann die Worte: ‚Was ist denn das? Eine Maus? Ein Frosch?' Jetzt kam ich zum Vorschein. Die Frau, unter deren Rock ich saß, trat zurück und schrie ebenfalls. Indessen sprang eine andere Frau auf einen Stuhl und schrie: „Hilfe – Mäuse!" Alles war in großer Aufregung, nur die Männer blieben ziemlich ruhig und manche

lachten recht amüsiert. Einige sagten: ‚Da hinten sehe ich eine Schlange', was ja nicht stimmte. Es wäre auch schlimm für mich gewesen. Sie wollten sicher noch einige auf die Stühle hochjagen. Der Vater aber, der gefeierte, stand nun plötzlich in der Mitte, nahm mich ganz vorsichtig hoch und erklärte der durcheinander geratenen Gesellschaft: ‚Das ist eine Erdkröte, eine besonders schöne. Mathias hat sie entdeckt. Ein Reifen meine Autos hat sie gestreift und verletzt. Wir haben sie gesund gepflegt und nun darf sie bald wieder zurück in ihr Waldrevier in dem auch der große Teich ist. Sehr wichtig für die Erhaltung dieser Arten.' Nun kam auch endlich Mathias aus seinem Zimmer, denn er hatte den Trubel gehört und bemerkt, dass ich der Mittelpunkt war. Er nahm mich auf seine Hand und trug mich zurück in meinen Karton mit den Worten: ‚Komm lieber mit zu mir. Hier draußen ist es so unruhig. Bei mir bist du sicher.' In der Tat war ich froh, nun wieder recht geschützt im Kasten unter Mathias Bett zu sein. Zuvor hatten mich natürlich noch alle seine Freunde und Freundinnen eingehend betrachtet, und jeder durfte mich vorsichtig streicheln. Es war ein lauter, aber auch interessanter Abend. Mathias und die anderen Kinder waren auch manchmal bei den anderen Gästen auch aßen sie mit ihnen und brachten sich meist die Getränke mit in Mathias Zimmer. Ich blieb verborgen im Kasten und lauschte den Geräuschen in der Wohnung: dem Lachen und Reden und dem Hin und Her. Die Kinder waren meist bei mir im Zimmer und spielten mit bunten Legosteinen. Aus diesen Steinen bauten sie Häuser, Fahrzeuge wie Autos und vieles, was ich als Kröte gar nicht so wissen konnte. Sie durften lange wach bleiben. Am anderen Tag konnten sie auch lange schlafen, denn sie mussten nicht zur Schule. Es war Sonntag."

„So vergingen noch ein paar Tage, und ich kannte inzwischen das ganze Haus. In den Garten durfte ich nicht. Sie hatten Angst, dass ich ausreißen könnte. Gespannt wartete ich auf den Tag, an dem ich wieder in die Freiheit gebracht werden würde. Mathias hatte aber in der Woche keine Zeit, er musste zur Schule, und der Vater, aber auch die Mutter hatten viel Arbeit. Bald kam das nächste Wochenende, ein schönes mit viel Sonne, so richtig Frühling. Vater sagte: ‚Wollen wir heute Liesa in die Freiheit bringen?' Mathias ließ ein trauriges ‚Ach heute?' hören. Sein Vater sagte: ‚Sie muss wieder zu ihresgleichen. Vielleicht wartet ja ein Krötenmännchen auf sie, und den wollen wir doch nicht warten lassen. Liesa will sicher nach draußen, sie kann es nur nicht in unserer Sprache sagen.' Das sah Mathias ein, obwohl ihm doch ein paar Tränen aus den Augen kullerten.

Ich war hell erfreut und hatte richtig Herzklopfen. ‚Hoffentlich machen sie alles richtig', so dachte ich. Sie zogen alle ihre Kleidung für draußen an, auch die Schuhe, und die ganze Familie, mit mir im Kasten, den Mathias trug, stieg in das Auto. Der Vater drehte den Schlüssel um, das Auto gab sein Brummgeräusch von sich und los ging die Fahrt. Sie sagten noch unterwegs: ‚Anschließend gehen wir essen', und nannten einen Namen, den ich nicht verstand.

Nun war die Zeit bei den Menschen vorbei. Eigentlich waren alle sehr lieb zu mir gewesen. Ich war froh und dankbar. Das Auto hielt, der Vater hatte es angehalten, indem er den Schlüssel zurückgedreht hatte. Es war still. Wir waren genau an der Waldstelle, an der sie mich gefunden hatten. Die Vögel zwitscherten und einige meldeten den anderen: ‚Es sind Leute im Revier, hört und gebt Acht!' Ich war wieder frei. ich schaute alle, Vater, Mutter und Mathias, an und sagte innerlich danke. Mathias setzte mich auf den Waldboden und rief mir zu: ‚Alles Gute! Vielleicht sehen wir uns mal wieder. Wir kommen öfters hierher in den Wald und geh nicht mehr so nah an die Straße. Tschüß!' Ich machte einen Satz und verschwand im Laub. Mathias war sehr traurig. Ich sah zurück. Alle stiegen wieder in das Auto, und das Brummgeräusch verriet mir, dass sie weiterfuhren. Ich eilte mich und hörte dich von weitem. Deinem Quaken eilte ich entgegen, und nun bin ich hier."

Nun war sie wieder bei Willibald und für ihn hieß sie Amanda. Die Liesa-Zeit war vorüber und gut überstanden. Beide freuten sich, saßen noch eine Weile am Teich mit den Goldfischen und hüpften dann in den nahe gelegenen Wald zum großen Teich. Auf dem Weg dorthin konnte Amanda wieder natürliches Futter suchen mit Willibald zusammen. Das machte so richtig viel Spaß. Den ganzen Sommer verbrachten sie im Wald am großen Teich.

Nun war es inzwischen Spätsommer geworden. Die Tage wurden merklich kürzer. Es war ein wunderschöner Sommer gewesen, die Sonne hatte sehr oft und auch sehr warm geschienen. Die Leute sprachen vom Jahrhundertsommer.

Jetzt kam die Zeit, in der die Erdkröten ihr Winterquartier suchen. Willibald und Amanda hatten sich für den Garten mit dem Goldfischteich entschieden. Hier hatte sie im Frühjahr Willibald wieder getroffen und sie wussten, dass hier große Bäume stehen. Es gab viel Laub und es gab auch kleine Höhlen unter den Wurzeln, die warm halten. Sie machten sich auf den Weg und kamen auch bald in dem Garten an. Was sie noch nicht wussten war, wem dieser Garten gehörte. Aus dem Haus kam plötzlich ein Junge gerannt. „Das ist doch Martin, der Freund von Mathias", dachte Amanda. Dann kamen auch noch Martins Eltern, die sie ja auch von der Geburtstagsfeier kannte. Martins Mutter hielt ein

Baby auf dem Arm, das sie dann in einen Kinderwagen legte „Hatte Martin nicht erzählt, dass er ein Geschwisterchen bekommt?“, überlegte Amanda. Wie sich bald aus dem Reden der Leute heraushören ließ, ist es seine Schwester, deren Name Jeannine ist. Martin hat seine Schwester sehr gern. An diesem Tag wollte er sie andauernd halten oder im Wagen hin- und herfahren.

„Willibald komm schnell!“, rief Amanda. Willibald war rasch neben Amanda unter ein großes Blatt geschlüpft. Er wollte nicht gesehen werden, aber alles genau wissen. Amanda saß neugierig auf einem Stein und erklärte ihm, wer die Leute waren. Nun kam die nächste Überraschung. Plötzlich klingelte es, und wer kam auf die Terrasse gestürmt? Es war Mathias. Amanda staunte nicht schlecht. „Ist der Garten, in dem sie waren, etwa gar nicht so weit entfernt von dem Haus, in dem sie im Frühjahr war und gepflegt wurde?“, fragte sich Amanda. Es musste wohl so sein, denn Martin und Mathias besuchten sich oft und gingen mal schnell zu Martin und waren immer in kurzer Zeit zurück. Sie kam aus dem Staunen nicht mehr heraus. Da kamen auch noch Mathias Eltern. Das war wirklich ein Zufall. Noch waren Amanda und Willibald unentdeckt und sahen gespannt zu.

Auf der Terrasse betrachteten alle erst einmal das kleine Baby. Jeder hielt es einmal auf dem Arm, dann wurde es wieder in den Kinderwagen gelegt. Martin und Mathias rannten übermütig durch den Garten. Auf einmal blieb Mathias stehen. „Komm schnell!“, rief er laut seinem Freund zu. „Das ist doch Liesa. Ich kenne sie doch.“ Martin kam sofort herbei und erkannte sie auch. „Ach du liebe Zeit“, dachte Willibald und war ganz besorgt. Er ließ ein leises

Quaken hören. Amanda verstand ihn sofort. „Mach dir keine Sorgen“, sagte sie, „die sperren uns nicht ein. Es sind kluge Leute, ich kenn sie doch.“ Beide waren aber doch etwas aufgeregt.

Da kamen auch die beiden Elternpaare. „Das ist tatsächlich Liesa“, sagte auch der Vater von Mathias. „An der besonderen Zeichnung auf ihrem Kopf erkenne ich sie sofort. Es ist eine einzigartige Erdkröte.“ Willibald raunte unter seinem Versteck hervor: „Das ist meine Amanda, lasst sie ja in Ruhe, sonst werde ich böse!“ Martin, der ganz nah am Stein stand, bemerkte etwas: „War da ein Geräusch von einer zweiten Kröte?“ „Wir haben nichts gehört“, meinten alle. Amanda und Willibald waren froh. Amanda sah alle dankbar an. „Wir sehen uns sicher öfter hier“, riefen Mathias und Martin ganz begeistert. „Bis bald Liesa!“

Amanda hüpfte unter einen nahe stehenden Busch, auch Willibald kam nach. Beide hörten noch wie der Vater von Mathias sagte: „Sie wird sich einen Winterunterschlupf suchen und bald ihren Winterschlaf beginnen. Es ist die Zeit dafür.“ Was aber außer Willibald und Amanda keiner wusste, dass diese Winterwohnung hier im Garten war.

Inzwischen saßen beide Familien am Tisch im Wohnzimmer, tranken Kaffee, aßen leckeren Kuchen und erzählten. Martin und Mathias berichteten von ihrer Freizeit mit der Lehrerin, als sie in der Nähe des Teichs im Wald eine Menge kleiner Kröten gesehen hatten. Ob da wohl Liesas Kinder dabei waren? Wer weiß? , Könnte sein‘, meinten alle. Willibald und Amanda saßen noch eine Weile unter dem schützenden Astwerk und sprachen über die vielen Zufälle. Dann suchten sie sich eine fette Abendmahlzeit. Es war ein recht milder schöner Abend. Sie sagten sich: „Gute Nacht!“

Bis zum nächsten Frühjahr verschwanden sie in ihrem Winterquartier, gemütlich unter einer Wurzel mit Blättern und Moos überdeckt und begannen ihren Winterschlaf.